처음이라는

선물

처음이라는 선물
원은희 그림일기

초판 인쇄 | 2015년 09월 10일
초판 발행 | 2015년 09월 14일

그린이 | 원은희
펴낸이 | 신현운
펴낸곳 | 연인M&B
기   획 | 여인화
디자인 | 이희정
마케팅 | 박한동
등   록 | 2000년 3월 7일 제2-3037호
주   소 | 05052 서울특별시 광진구 자양로 56(자양동 680-25) 2층
전   화 | (02)455-3987 팩스 | (02)3437-5975
홈주소 | www.yeoninmb.co.kr
이메일 | yeonin7@hanmail.net

값 13,000원

ⓒ 원은희 2015 Printed in Korea

ISBN 978-89-6253-170-1 03810

처음이라는
선물

원은희 그림일기

연인M&B

매일매일이 처음입니다.

매일매일이 선물입니다.

그중에 심장을 빨갛게 달궈 주곤 하는

특별한 처음, 참 고맙고 사랑스럽습니다.

이 세상의 말 중에 '처음'이라는 말은 가장 어두운 밤에 '반짝' 하고 빛나는 별
과도 같이 신비롭습니다. 쉰하나에 나에게 그림이라는 선물이 찾아오고 나는, 파릇
파릇 새싹이 되었습니다. 그리고 매일매일이 처음이고 선물인 것을 알았습니다. 그
때 아이들 가르치는 일을 하고 집으로 돌아와서는 매일매일 감동의 한 점들을 시간
이 가는 줄도 모르고 그렸습니다. 그림은 나의 위로이고 기도이고 시이고 그리움이
고 노래이고 춤이고 기쁨이 되었습니다.

　그림을 그리다 자주 밤을 새고도 신기하게 나는 늘 말짱했습니다. 나는 그림

그리는 일이 정말 재미있습니다. 오늘 밤에 나는 또 어떤 그림을 그릴까, 내일은 또 어떤 그림을, 1년 후, 그리고 10년 후에는 어떤 그림을 그릴지 나는 궁금하고 기대가 됩니다.

연인M&B의 신현운 대표님께서 소소한 제 그림을 예쁜 책으로 만들어 주셨습니다. 감사드립니다. 제 그림을 보며 기뻐하고 박수쳐 주시는 많은 분들의 응원이 저에게 충분한 힘이 됩니다. 모두에게 '매일매일 꽃다발을 드립니다.'

혼자 그림을 그리다가 언제라도 뛰어가 놀 수 있는 놀이터가 되어 준 분당 교보문고와 처음 보는 재료들을 연구하는 장소가 되어 준 핫트랙스, 무엇에 어찌 쓰는 물건인지 물을 때마다 온 마음을 다해 대답해 준 직원 정준영님께도 인사드립니다.

2015년 한여름

원은희

처음이라는

선물

| 차례 |

1

꽃다발을 드릴게요

매일매일
꽃다발을
드릴게요

온 세상이

온 세상이
온통
꽃밭이면 좋겠네

온 세상이
때죽나무 꽃비 내리는
아침이면 좋겠네

온 세상이
점심 시간에는 즐겁고 신나는
춤이면 좋겠네

온 세상이
매일매일 꽃다발을 드리는
노을 지는 저녁이면 좋겠네.

매일매일 꽃다발을 드릴게요

내가 뿌린 씨앗으로
온 산이 꽃물 들면
누가 제일 좋을까….
나!

매일매일 꽃다발을 드릴게요

후회

꽃은, 피고 피네
이러다 금세 초록잎 덮여 오겠네
그때에, 꽃지기 전에
꽃그늘 아래에서
한 번 더 보자는 말

왜 못했을까.

매일매일
꽃다발을
드릴 게요

나는 내가 참 좋아!

매일매일 꽃다발을 드릴게요

그래그래 좋다좋다

살랑살랑 살랑바람
부는 아침에
산딸나무꽃 아래에서

가만가만 노래 불렀죠
한들한들 춤추었죠
두 손 모아 기도했죠

그래그래 좋다좋다.

매일매일
꽃다발을
드릴게요.
2015. 5. 박은선

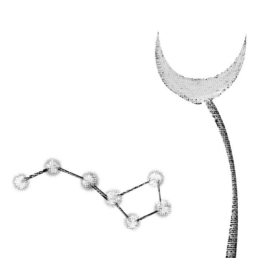

매일매일
꽃다발을
드릴게요

달밤입니다.
분꽃나팔
불며
걷습니다.

2014. 8

달밤 입니다ー
분꽃 나팔 불어 겁습니다ー

매
일
매
일

꽃
다
발
을

드
릴
게
요.

2

너, 나 그리고 우리

우리 함께 걷는 길.

그 노오란 양지꽃 핀

예쁜 길

함께 걷고 싶습니다.

그 노오란
양지꽃
핀 예쁜 길,
함께 2015.5
걷고 싶습니다.

안녕, 오늘은 내가 노래 불러 줄게

건강해야 하니까,
운동 꼬박꼬박 챙겨 해야 한다
알았지!

비가 온다
비 오네
보고 싶다...

함께
있어
줄게

2015.4

함께 있어 줄게.

날마다

날마다

계속

계속

꽃비

이 꽃길에서는
어떤 사람이라도
다아
꽃비를 맞습니다
자동차들도
모두
꽃잎을 매달고
시를 쓰듯이 달립니다
온통
꽃비 내리는 세상을
기다립니다.

우리, 함께
오래오래 !

Happy birthday to you!

생일 축하해!

옆에 있어 주어서
정말 고마워

그 외진 길가에

이즈음

까치수염 부끄러이 피었을 텐데

새벽 소나기에

깜짝

놀랐을 텐데.

그 외진 길가에
이즈음
까치 수염
부끄러이
피었을테다

숨바꼭질

첫눈

첫눈 사이로
　　진달래 꽃길
첫눈 사이로
　　각시투구꽃
첫눈 사이로
　　갈대밭 그 길

나는 늘 니편이야!

지난밤 전화기에 담아
보내 주셨던 개구리 울음소리
개굴개굴 와글와글

늦은 일 마친 배고픈 밤이면
개굴개굴 와글와글

개구리밥 한솥 지어 달라고 말해 보세요
노오란 반달 솥에다 별을 가득 씻어 앉히고
개굴개굴 와글와글

반짝반짝 개구리밥 지어 달라고
개굴개굴 와글와글

3

가족 그리고 친구

처음이라는 선물

매일매일이 처음입니다
매일매일이 선물입니다

그 중에 성장을
빨갛게 달려 주곤 하는
특별한 처음,
참 고맙고 사랑스럽습니다

우리 엄마 봄나들이

어렸던 언젠가
엄마의 오래된 사진 속에
댕기머리 우리 엄마
참 예쁘셨어요.

너는, 어느 별에서 왔니?

멀고 먼 우주 끝

후루별에서 왔죠

빠알간 꽃 가슴에 달고 왔죠

감사하고 기뻐하고

신비로우려고 왔어요

매일매일

등 기대고 어리광 부려도

그래그래 좋다좋다

그래 주시는

그분의 별에서 왔어요

비 오면 비 맞고

바람 불면 바람 맞고.

나는 내가 참 좋아!

함께라서 참 좋아!

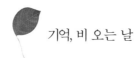 기억, 비 오는 날

지난밤엔, 선창 끝에다
옆집 순심이 언니네 동그란 덕석 깔아 놓고
너, 너, 너, 내가 우리 마을로 잔뜩 쏟아지던 별을
한 소쿠리씩 세어 담았잖아
아침엔, 물 묻혀서 반듯하게 빗은 단발머리 찰랑거리며
병수오빠 앞장서서 들고 걷던 새마을 깃발 따라가며 노래 불렀어
햇님도 우리랑 함께 노래 불렀어

점심 종은 땡땡땡
빗방울도 땡땡땡
아뿔싸 우리 외할머니, 남새밭에서 시큼한 딸기 한 접시 따 놓고
상추쌈 동그란 밥상에 씻어 두고 기다리실 텐데
살금살금 교무실 앞 커다란 이파리 주워 와서는
너, 너, 너, 너, 나는
하나 둘 셋 넷 와아 달려갔잖아
흠뻑 비 맞아도 즐거웠잖아.

걱정마!
다 잘될 거야

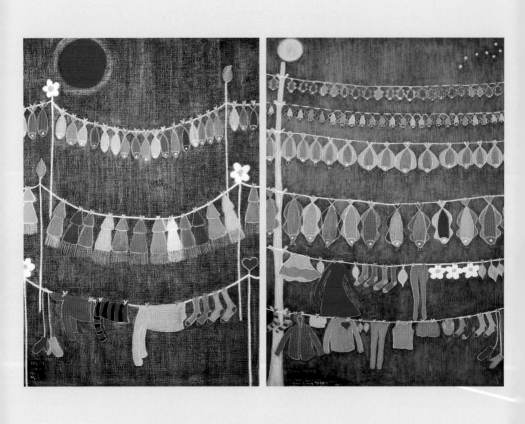

엄마의 빨랫줄

우리 엄마의 넓고 기인 마당 가운데에는
온 세상을
살랑살랑 말리던
빨랫줄 있었는데
밀가루풀에 바락바락 주물러서
가실가실 말리던 이부자리, 베갯잇

엄마의 우주이던 우리들의
자잘한 몸뚱이들이랑
금방까지도 바닷속을 헤엄치던 물고기들이
함께 널려서 물기를 말리던
참 높고도 길다란
우리 엄마의 빨랫줄.

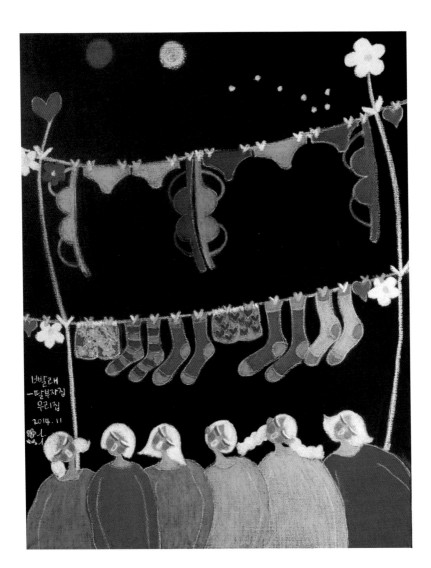

빨래

딸 부자집 우리집
뒤뜰 빨랫줄엔
늘
우리들의 속옷이
팔랑팔랑
주렁주렁

우리 엄마 생각 1

우리 엄마 생각 2

우리 함께!

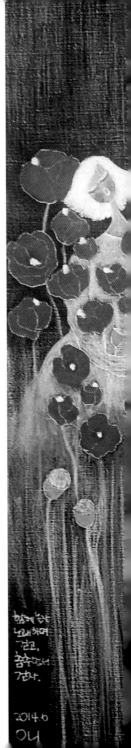

함께 놀자
노래하며
걷고
춤추면서
걷자.

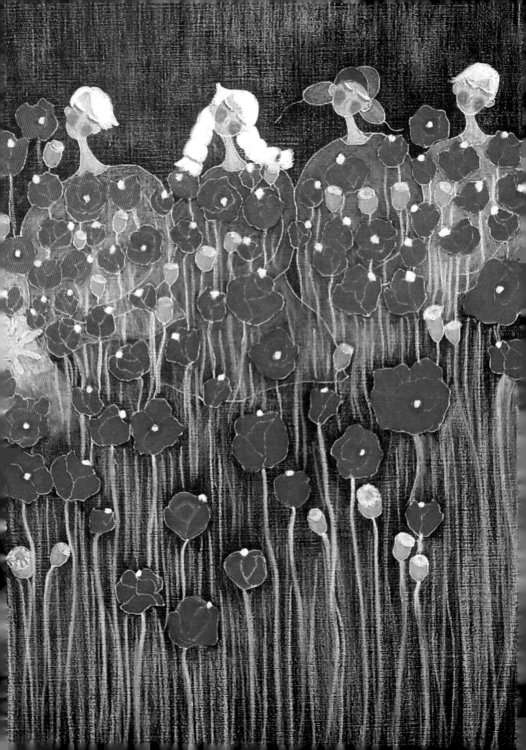

자작나무 보고 오는 길

멋지다 청춘,
계절학기 동유럽 자전거 종단 여행(모스크바).

―지난 6월 30일 동유럽 종단 자전거 여행을 떠난
멋진 대학생들을 응원하고 있어요!

나는, 우주 순례자

지난 봄 만났던
산수유 노란꽃
머얼리 우주를 여행하고
다시 돌아와
멀고 먼 저기
저 별 이야기 몇 날 몇 밤 새며
노랗게 노랗게
더 노랗게
활짝.

나의 기도

나의 위로, 나의 詩

나의 기쁨, 나의 그리움

나의 노래

아름다운 순례길.

순례

모든, 맑은 것을

벗어 놓고

마음에다 꽃 한 송이

4

기쁜 성탄

성탄과 함께 찾아온 평안이 사랑해!

넌, 참 고와!
넌, 참 예뻐!

설레고

떨리고

깜짝 놀래고.

안녕, 오늘은
내가 노래 불러 줄게

별

멀어서 별
그리워서 별
詩라서 별
반짝어서 별.

나는,
참
행복한
사람입니다.
당신
때문입니다.

나는,
   참 행복한 사람입니다
   당신 때문입니다

고마워, 늘.

나의기도
나의 詩…

Merry
Christmas

나의 기도,
나의 시(詩),

나는 별

너도 별

우리는 별

나는 꽃

너도 꽃.

5

함께 그리고 같이

지리산 새벽 산길

울울창창

빽빽총총.

밤낚시

유난히 반짝이는

두 개의 별이 따라다니는

저기 저 초저녁달을

나도

만져 볼 수 있을까?

―6월 30일, 7월 1일 밤

목성이랑 금성이 만나기로 했다는데요!

보고 싶은 마음

살랑살랑 하늘하늘.

그네타기

높이높이 더 높이.

나는, 화성에 있었어

고마리 꽃밭 위에
무지개다리
무지개다리 위에서
꽃을 보았지
버들가지 따라 노닐었지
자꾸자꾸
노래 불렀지.

오래된 시간과
만났습니다

참 신비로운
하루였습니다

씀바귀 꽃동산을 지나왔어요
노오란 씀바귀 꽃송이 들여다보니
한나절이
후울딱 지나갔어요

나도 온통
노오란 씀바귀 꽃물이 들어 버려서
집으로 돌아와 거울 속에는
노오란 씀바귀꽃 한 송이
서 있었어요.

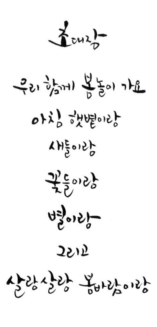

초대장

우리 함께 봄놀이 가요
아침 햇볕이랑
새들이랑
꽃들이랑
별이랑
그리고
살랑살랑 봄바람이랑

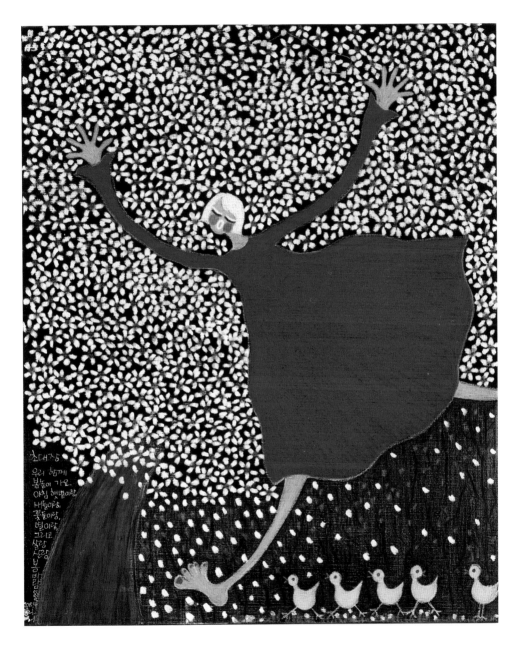

우리 함께

하늘을 보았지
길을 걸었지
분꽃나팔 뚜뚜 불었지

냇가에서 춘향처럼
그네도 탔지

고마리꽃 환히 핀
거기 거기
눈물이 날 뻔도 했지

온 하늘을
다아 태울 것 같던 저녁해를
오목대에서 보았지

그리움 때문에
얼굴이 반쪽이 되어
떠오른 늦은 달 아래 할 말을 잊었지

그저 사랑해.

강물아 흘러흘러
어디로 가니

넓은 세상 보고 싶어
바다로 간다

백무동 오는 길

길고도 긴 내리막길

처음 걷느라

꼬끼리 다리 내 다리

달달달

서쪽 하늘 초저녁달

불러내었네

달달달

예쁜 초저녁달

옛다, 노오란 금빛

소뿔 한 개 던져 주고는

눈 깜박하고 나니

집으로 갔나 봐.

바람이, 붑니다

꽃놀이 가세

산들산들 꽃바람 부네
꽃놀이 가세, 꽃놀이 가세
꽃놀이 가세

일주일 전, 전북 임실 필봉마을에서 열리는
농악경연대회 구경을 했답니다.
7살부터 13살 아이들로 만들어진 '별닻'의 공연을 보았습니다
'별닻'은, 7개월 남짓
서로의 숨소리, 박자, 눈짓, 몸짓을 맞추며 연습했답니다.
서툴고 어설펐지만 한 발 한 발
성의껏 옮겨 놓는 그 작은 발들이
너무나 기특하고, 자신들의 악기에다 또박또박
찍어내는 그 조심스런 소리들이
참 예뻤답니다.

머리에 꽃 이고
아리랑

산들산들
꽃바람 부네

꽃놀이 가세
꽃놀이 가세.

나는…

나는, 파릇파릇 새싹

나는, 용기 있는 사람

나는, 예순이 되어서라도

사진작가 스기모토처럼

뉴욕에 가서 공부를 할 사람

그래서 아이들이랑 젊은 사람들에게

가르쳐 주고 싶은 사람

누군가의 꿈을 키우는 걸

도와주는 사람

나도 할 수 있다고

말해 주는 사람

늘 용감하자고

어깨동무해 주는 사람

나는, 그런 사람입니다.